Los grandes felinos

Los pumas

por Marie Brandle

Bullfrog en español

Ideas para padres y maestros

Bullfrog Books permite a los niños practicar la lectura de textos informativos desde el nivel principiante. Las repeticiones, palabras conocidas y descripciones en las imágenes ayudan a los lectores principiantes.

Antes de leer

- Hablen acerca de las fotografías. ¿Qué representan para ellos?
- Consulten juntos el glosario de las fotografías. Lean las palabras y hablen de ellas.

Durante la lectura

- Hojeen el libro y observen las fotografías. Deje que el niño haga preguntas. Muestre las descripciones en las imágenes.
- Léale el libro al niño o deje que él o ella lo lea independientemente.

Después de leer

- Anime al niño para que piense más. Pregúntele: ¿Qué sabías sobre los pumas antes de leer este libro? ¿Qué más te gustaría aprender sobre ellos?

Bullfrog Books are published by Jump!
5357 Penn Avenue South
Minneapolis, MN 55419
www.jumplibrary.com

Library of Congress Cataloging-in-Publication Data

Names: Brandle, Marie, 1989– author.
Title: Los pumas / por Marie Brandle.
Other titles: Cougars. Spanish
Description: Minneapolis: Jump!, Inc., 2021.
Series: Los grandes felinos | Includes index.
Audience: Ages 5–8 | Audience: Grades K–1
Identifiers: LCCN 2020042766 (print)
LCCN 2020042767 (ebook)
ISBN 9781645278726 (hardcover)
ISBN 9781645278733 (ebook)
Subjects: LCSH: Puma—Juvenile literature.
Classification: LCC QL737.C23 B724418 2021 (print)
LCC QL737.C23 (ebook) | DDC 599.75/24—dc23

Editor: Eliza Leahy
Designer: Michelle Sonnek
Translator: Annette Granat

Photo Credits: Eric Isselee/Shutterstock, cover, 3, 24; Ultrashock/Shutterstock, 1; William Eugene Dummitt/Shutterstock, 4, 23bl; through-my-lens/iStock, 5; Francois Gohier/Pantheon/SuperStock, 6–7; Mikhail Kolesnikov/Shutterstock, 8; Dennis Fast/VWPICS/Science Source, 9; Geoffrey Kuchera/Shutterstock, 10–11; Avalon/Getty, 12–13, 23tl; Gary Samples/Getty, 14–15; Michael Durham/Minden Pictures/SuperStock, 16–17; Warren Metcalf/Shutterstock, 18; Dennis W Donohue/Shutterstock, 19, 23br; Balaraman Arun/Shutterstock, 20–21; LanaG/Shutterstock, 23tr.

Printed in China.

Tabla de contenido

Saltan y trepan 4
¿En qué parte del mundo? 22
Glosario de fotografías 23
Índice 24
Para aprender más 24

Saltan y trepan

¿De quién son estos grandes rastros?

¡De un puma!

Los pumas son grandes felinos.

También los llamamos leones de montaña.

¿Por qué?

Muchos de ellos viven en las montañas.

Sus garras
son afiladas.

Ellas ayudan a los pumas a trepar.

¡Qué genial!

Estos felinos tienen un pelaje marrón.

Eso les ayuda a esconderse.

Los cachorros tienen manchas.

Las manchas desaparecen.

¿Cuándo?

Después de un par de meses.

cachorro

Los pumas saltan alto.
También saltan lejos.

Los pumas pueden ver en la oscuridad.

Ellos cazan a su presa por la noche.

Este corre detrás de un venado.

¡Se lanza sobre él!

El venado se escapa.

El puma duerme.

Él cazará nuevamente esta noche.

¿En qué parte del mundo?

La mayoría de los pumas viven en Sudamérica, Centroamérica o en el oeste de Norteamérica. ¡Echa un vistazo!

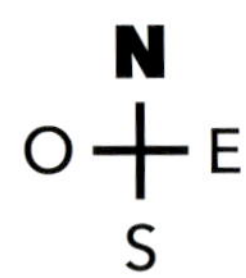

■ **donde viven los pumas**

Glosario de fotografías

cachorros
Pumas jóvenes.

presa
Un animal que es cazado por otro animal que busca comida.

rastros
Marcas que deja un animal en movimiento.

se lanza
Salta hacia adelante y agarra algo de repente.

Índice

cachorros 12
cazan 16, 20
duerme 20
garras 8
montañas 6
pelaje 11
presa 16
rastros 4
saltan 15
se lanza 19
trepar 9
venado 18, 20

Para aprender más

Aprender más es tan fácil como contar de 1 a 3.

1. Visita www.factsurfer.com
2. Escribe "lospumas" en la caja de búsqueda.
3. Elige tu libro para ver una lista de sitios web.